KB180894

한국 희곡 명작선 145

누파구려 갱위강국(累破句麗 更爲强國)

한국 희곡 명작선 145

누파구려 갱위강국

(累破句麗 更爲强國)

도완석

평민사

도완석

누파구려 갱위강국(累破句麗 更爲强國)

등장인물

① (웅진백제의 5대왕) 문주왕, 삼근왕, 동성왕, 무령왕, 성왕
② 개로왕, 곤지, 해구, 진남, 백가, 사두
※ 출연인원 역시 규모와 상황에 따라 축소 또는 확대할 수 있으며 1인 다역이 가능함

때

웅진백제 시대부터 문주왕, 삼근왕, 동성왕, 무령왕, 성왕까지 사비부여 천도 전까지

장소

백제 웅진성 궁궐 안

무대

무대의 크기는 상황과 형편에 따라 그 크기를 조절하되 규모 있는 백제 궁궐로서, 무대중앙에 백제 양식의 천정문과 ㄷ자형 좌우 성벽이 둘러있고 성루에는 조명탑으로도 활용될 수 있는 망루가 설치되어 있다. 용상은 3층 구조로 된 단위 천정문 앞에 놓여있고 중앙은 하단 주무대부터 용상에 오르는 계단이 놓여져 있다. 무대 앞 좌우에는 연꽃이 핀 연못이 있고 좌우 성벽 아래 배우들이 등퇴장 할 수 있는 4개의 통로가 있다. 그리고 3층 구조와 계단이 놓인 중앙은 2층 단까지 좌우로 갈라질 수 있는 개폐식 장치를 하여 연극 후반부에 관객들에게 백제 왕궁의 위용을 나타낼 수 있도록 꾸미면 좋겠다.

Opening 막간극
(해도 되고 안 해도 되는 막간극)

공연이 시작되기 전 한 소년(중1 정도)이 무대 세트 쪽으로 뛰어 들어가려고 한다. 이때 무감이 호루라기를 불며 소년에게로 다가간다.

무감 야 학생 그리로 들어가면 안 돼!

소년 여기가 뭐하는 덴데요?

무감 뭐하긴 뭐하는 데야 연극하는 데지. 여긴 출입금지구역이니까 어서 저기 저 객석으로 올라가 어서!

소년 저 여기서 사진 한번 찍으면 안 돼요?

무감 아니 이 녀석이! 너 중학생이잖아? 이런 공연장소에서는 공연 전이나 공연 중에 절대 사진을 찍거나 핸드폰을 키고 공연을 보는 거 아니라는 거 몰라. 이건 공공질서고 문화인으로서의 예의인 거야! 그러니 공연 후 포토타임시간에 가족들이랑 함께 사진을 찍고… 어서 객석으로 올라가. 이제 곧 공연을 시작할 시간이야!

소년 근데 아저씨, 오늘 연극은 어떤 거예요? 막 총도 쏘고 대포도 쏘나요?

무감 하 이 녀석 봐라. 임마 웅진백제시대 때 이야긴데 무슨 총이 나오고 대포가 나오냐? 니들은 6·25사변 터진 때가 백제시대인 줄 알아?

소년 모르니까 물어보는 거죠?

무감 하 이거 참 공연시간 다 돼 가는데… 그래 아저씨가 아주 간단하게 설명해줄 테니까 모르는 건 나한테 묻지 말고 학교 가서 니네 선생님한테 물어봐 시간이 없으니까. 너 삼국시대라고 들어 봤어?

소년 물론이죠. 고구려, 백제, 신라 그 삼국시대요 그런데 백제가 제일 꼴찌였고 신라한테 망했잖아요. 근데 웅진백제가 뭐예요?

무감 야 임마 왜 백제가 꼴찌야! 너 학교에서 그렇게 배웠니? 참 요즘 역사교육을 어떻게들 가르치는 거야! 참으로 문제다! 암튼 너 오늘 이 공연 잘 보고 백제국에 한성백제가 뭐고 웅진백제가 뭔지 잘 배우고 가라 이 작품은 그런 역사적 이야기를 소재로 한 작품이니까. 그리고 임마! 백제는 절대 꼴찌가 아니었어. 문화강대국이었다구!

이때 무대 안에서 마이크로 소리가 들린다.

마이크소리 아니 무대감독! 지금 뭐하는 거야? 공연시작 5분 전인데, 어서 그 꼬마, 객석으로 들여보내! 막 안 올릴 거야!

소년 (소리 나는 쪽을 향해) 저 꼬마 아니거든요!

마이크소리 아, 알았다 미안, 학생 어서 들어가 주세요 객석에 불 꺼집니다요.

소년 투덜대며 객석으로 사라진다.

무감 (무대 뒤쪽으로 뛰어 들어가며) 자! 스텐바이 합니다!

제1장. 웅진백제의 개막

침묵과 어둠 속에서 천둥번개가 친다. 이어 아름다운 백제를 테마로 한 음악이 들려오고 잠시 후. (북소리, 천둥번개, 하늘이시여 외침소리)

또 다른 외침소리 대백제의 역사가 열린다! 대왕마마 행차시요!

이와 동시에 징소리가 세 번 크게 울리고 무대 환하게 켜짐과 동시에 합창이 울려 퍼진다. 무대 상층 왕좌에 앉아있는 문주왕. 그리고 단 아래 주무대 중앙에 도열하고 섰는 대신들과 층마다 부동자세로 깃발을 들고 서 있는 백제군사들, 또 백제문양 표기를 들고 서 있는 상궁나인들과 궁궐 벽 아래 궁녀들(무희들)이 화려하게 서 있다. 그리고 객석을 향한 맨 앞줄에는 문주왕비와 어린 태자가 서서 모두 합창을 한다. 잠시 후 문주왕비와 어린 태자가 천천히 계단을 오르며 용상을 향한다. 이때 합창 중간에 내레이션이 울려 퍼진다.

합창 한반도 푸른 젖줄 유구한 금강줄기
푸르러 푸른 산새 절세기암 이루도다
남남은 들녘이요 서북은 대해로다
하늘땅 맑은 정기 백제인의 인심이라

내레이션 웅진백제시대가 열렸다. 고구려의 침략으로 한성백제가 내리막길로 치닫자 21대 개로왕은 아우 문주왕으로 하여금 천도를 명하였고 이에 풍수지리로 보아 좌청룡 우백호라 하여 외적으로부터 비교적 안전한 웅진성으로 천도를 하였으니 이때가 바로 서기 475년이다.

문주왕비와 어린 태자가 서서히 문주왕이 서 있는 3층 보좌를 향해 계단을 오를 때 그 뒤를 따르는 궁녀들, 문주왕 왕비와 태자를 맞이하고 어린 태자를 안아 들어 올리며 서 있을 때 다시 합창이 울려 퍼진다.

합창 인심이 민심이요 민심이 천심이니
하늘의 뜻 우러르고 시월동맹 제 올리세
명당대처 웅진성 마한인의 곧은 품성
일어나라 백제여 천상제황 제 올리세

하늘의 뜻 우러르고 시월동맹 제 올리세
명당대처 웅진성 마한인의 곧은 품성
일어나라 백제여 영원무궁 번영하라

합창이 끝나면 문무백관들 자리를 바꾸고 궁녀들(무희)의 화려한 춤이 펼쳐진다. 그리고 궁녀들의 춤이 끝나면 모두 한 손을 높이 들며 크게 외친다.

일동 백제!

조명 서서히 F.O

제2장. 회상, 그 운명의 바람

어둠 속 조용한 바람이 불고 은은한 피리소리. 하늘에 초승달과 별들이 반짝인다. 계단 중앙 난간에 서 있는 문주왕, 시름에 잠겨 있을 때 밤안개가 피어오른다. 이때 미디어 파사드로 궁궐 전체에 고구려 군사들이 말을 타고 함성을 지르며 달리는 영상. 강한 음악소리, 영상과 함성소리 사라지면 아주 구슬픈 음악으로 바뀌고 푸른빛 조명 아래 촛불이 반짝이는 주무대 위에 앉아있는 개로왕 그리고 그 앞에 무릎 꿇고 앉아있는 곤지와 문주왕 그들 앞에 각각 술상이 놓여 있다.

개로왕 나라가 외적으로부터 시도 때도 없이 침략을 받아 심히도 혼란스럽다보니 이렇게 형제들끼리 오붓한 술잔 한번 기울이지 못하였구나. 이 얼마만이던고? (문주왕에게) 상좌평! 아니 아우 문주야!

문주왕 네, 전하!

개로왕 내가 어리석고 총명하지 못하여 도림이란 간사한 고구려 용간에게 속아 이렇듯 선왕들께옵서 물려주신 나라를 위기에 빠뜨렸구나. 그러니 내 죽어 어찌 선왕님들을 뵈올 수가 있겠느냐? 내 아우인 자네들에게조차 면목이 서질 않는구나.

문주왕 전하 그리 말씀하지 마옵소서, 백성들이 쇠잔하고 국력이 부실함이 어찌 전하의 탓이라 하오리이까. 시국이 시국이온지라 같은 민족으로 부여로 함께 이동해 온 고구려조차 동족을 외면한 채 호시탐탐 침략을 일삼고 신라 또한 조석으로 우방국인지 적국인지 수시로 변조를 반복하고 있지 않사옵니까. 그리고 힘들여 조공을 드려왔던 중국 북방의 위나라조차 혈맹의 약조를 어기고 있사온데 누군들이 난국을 대처할 수 있었겠사옵니까. 하오니 너무 자책하지 마시오소서.

개로왕 (술잔을 들고 일어서며 읊조린다) 동성대국 뜻을 모아 천도하신 온조선왕 마한인의 부족들로 십제를 이루었고 하늘 뜻 우러르며 54부족 통합하니 건국백제 동이나라 천세 만세 영원할까. 오, 통제로다 건국패망이 웬 말인고…!

문주왕 (일어서며) 전하! 그리 자책하지 마시오소서. 그러시다 용상 옥체 쇠하오면 어찌 하시려 하옵니까!

곤 지 그러하옵니다. 새벽어둠 혼란해도 동녘 해가 솟으리니 고구려국의 승냥이나 신라국의 이리떼가 제아무리 울어대도 천상에 계시는 선왕들께옵서 전하와 이 나라를 지켜주실 것이옵니다. 전하!

개로왕 견시현자(見時賢者)라 했느니라. 아우들이여 이제 이 몸은 이곳 한성 땅에 머물러 적국의 침공을 더디게 할 것인즉 그대들은 훗날 백제국의 부흥을 위해 적통을 이루어야 할 것이로다. 이제 짐이 왕명으로 그대들에게 고하노니 문주는 내 뒤를 이어 백성들을 남쪽으로 인도하여 천도를 서두르고 곤지는 비록 짐의 혈통을 태중에 보유한 후비이지만 내 그대에게 양보하여 너의 배필로 연분을 맺도록 허락하노니 사사롭게 상념치 말고 어서 일본국으로 피신하여 모든 생명을 보존케 하라! 일본국의 웅략왕이 그대와 가솔들을 멸시치 않으리니 잠시 은혜를 입고 지내다가 때를 보아 귀국하여 문주를 돕도록 함이 좋을 듯싶구나! 부디 명심할 것은 이 백제국은 우리 부여씨 왕실 가문만이 왕위 계승을 보존토록 해야 할 것이니라. 알겠느냐.

곤 지 (사방을 두리번거리다가) 잠깐! 촛불을 끄겠나이다. 용간인 듯 싶사옵니다.

주무대 조명이 사라진다. 그리고 양쪽 망루 종탑과 용상 좌우 담

장에 자객들이 검을 들고 서 있는 그림자가 비친다.

개로왕 (소리) 일각이 여삼추니라 어서 시행하라.

잠시 후 강한 음악과 함께 무대 전체가 붉은 색조로 변한다. 그리고 고구려 군사들이 깃발을 들고 객석 쪽 중앙 통로로 등장하여 주무대에 오른다. 이윽고 고구려군사들의 함성소리와 함께 궁궐이 불타오른다. (무대 미디어 파사드로 사면에 불길이 치솟는 영상을 보여주고 연못에는 수중화이어가 그리고 공중에는 라인로켓이 불을 내품으며 전쟁장면을 연출)

고구려군장 (큰소리로) 백제왕 개로를 잡으라!

고구려 군사들의 함성이 더욱 크게 들려온다! 조명 F.O

제3장. 문주왕의 눈물

전체 화염의 열기가 잦아지는 풍경 속에서 홀로 조명을 받으며 주무대에 서 있는 문주왕, 애잔한 음악이 흐른다.

문주왕 (읊조리듯) 부여왕실 사모하던 민심 봄비에 스러지고
남송으로 떠난 사신 기별조차 없으니

이 밤에 들려오는 북소리가 애닯구나
검은 구름 저 편 뒤에 까마귀 울음소리 웬 말인고
놀란 가슴 허기진 배 백성들이 가엾도다.
저 백강에 흐르는 물 누구의 눈물이더란 말인고.

내레이션 문주왕, 개로왕의 아우이자 그의 뒤를 이어 22대 백제왕으로 등극하여 한성백제에서 웅진백제 시대를 개도한 왕이다. 하지만 한성백제를 등지고 웅진땅으로 천도를 하였건만 새로운 도읍지에서 이상을 펼쳐나가기에는 상황이 너무도 척박했다. 외척 해씨 가문과 웅진 천도 시 도움을 주었던 백씨 가문이 왕권을 능가하는 세력확장 싸움에 늘 지쳐있었고 또한 끊임없이 침공을 일삼는 고구려군으로 인하여 초지국면에 빠져들게 되었던 까닭이다.

문주왕 오! 선왕 되신 나의 형님이여! 어이하면 좋으리이까? 흑흑흑.

이때 무대 위로 등장하는 곤지왕.

곤지 (객석을 향해) 보아라! 저 거대한 산천이 있다
저 산야를 달리는 우리가 있다.
북으론 대지의 젖줄 저 은빛 찬란한
금강이 흐르고 동으론 절세기암이로세

푸르러 푸른 산 둘렀으니 남은 들녘이요 서는 대해로다

문주왕 아니 그… 그대는 내 아우 곤지가 아니더냐?

곤지 (여전히) 이곳이 바로 명당대처 하늘은 높고
대지는 푸르러 오곡백과 주렁주렁
물은 맑고 푸른 강물 사공가슴 출렁인다

문주왕 (곤지에게 다가서며) 언제 왔더냐? 기별도 할 수 없었더냐? 오! 장하다 내 사랑하는 아우 곤지야!

곤지 (절을 올리고) 마마! 고정하시오소서! 천상제황께서 천도를 명하신 웅진성이 아니더이까? 겨울바람이 모질다 해도 오는 봄 막을 수는 없는 법, 어서 용안에 드리운 근심을 버리시고 조카 임결을 태자로 책봉하소서. 국태민안은 하늘로부터 오는 것이라 하지 않으셨습니까! 또한 하늘에 지성을 올리시어 삼월 삼짇날이나 시월에 올리는 영고(迎鼓), 동맹(東盟), 무천(舞天)과 같은 제로서 하늘을 감동시키심이 좋을 듯하옵니다. 그리 하오면 저 금강물은 백성들의 눈물이 아닌 백성들의 젖줄이 될 것이옵니다.

이때 나타나는 해구 술에 취해있다.

해구 아니 존엄하신 왕의 침소에 웬 인기척이 들려 행여 용간인가 싶어 들려봤더니만 선왕의 혈통을 빼앗아 왜나라로 줄행랑쳤던 왕자마마시었구려.

곤지 무엄한지고. 감히 어느 안전이라고 전하의 처소에 무단침

입하여 취중을 빙자하고 객기를 부리는 게냐?

해구 무어라? 취중빙자하여 객기라… 헤헤헤 (돌연 얼굴색이 변하여 곤지를 노려본다)

곤지 네 이놈! 아무리 우리 가문의 외척이요 병관좌평의 벼슬을 가지고 나라의 병권을 쥐고 있다지만 네놈은 백성들을 거짓되이 현혹시키며 가슴에 독을 품고 있는 자임은 온 천하가 다 아는 일. 내 용서치 않으리라! (검을 빼어든다)

문주왕 모두 그만두지 못할꼬. 제발 그만들 두시요 제발! (좌우를 둘러보고 소리를 친다) 밖에 아무도 없느냐 호위병관들은 모두 어디 있느냐? 어서 내관으로 들지 못할꼬.

이때 긴장된 음악과 함께 약간 어둠 속에서 호위무사들 네 곳 입구로부터 3명씩 등장.

문주왕 무엇들 하느냐 어서 좌평을 밖으로 모시지 않구!

해구 마마께옵서는 어서 침소로 드시고 왜나라에서 온 저 자를 처소 밖으로 내치심이 옳을 듯싶사옵니다. 저 자가 전날에는 백제국 왕자의 신분이었지만서도 지금은 왜나라의 용간일 수도 있지 않겠습니까?

문주왕 아니 병관좌평 지금 뭐라시는 게요?

해구 뭣들 하느냐? 어서 전하를 뫼시지 않고!

이때 두 명의 무사가 문주왕을 계단 쪽으로 위협해 끌고 가고 다른 10명의 호위무사들이 곤지왕을 향해 창을 겨누며 점점 다가가 에워싼다.

곤지 네 이… 천하에 몹쓸… 반역이로다 반역이야! (소리를 지른다)

호위무사들 역시 일제히 함성을 외치며 곤지를 향해 창으로 찌른다.

곤지 네 이… 이놈들. (쓰러진다)

문주왕 병관좌평 왜 이러는 게요? 하늘이 무섭지 않소?

이때 해구 주무대 중앙에 서서 독백으로 소리친다. 주변 조명이 어두워진다.

해구 (독백) 역사는 내게 왕권을 탐하여 왕을 시해한 역적이라 기록되겠지. 아니야 아니야 정녕 아니로세. 나는 천도한 웅진백제의 강성함을 위한 조치였어. 시국의 시련만을 탓하며 민심의 눈치만을 살피고 같은 동족의 외침을 멈추는 외교를 선택치 아니하고 저 중국 오랑캐 놈들에게 조공을 바치며 눈치만 살피는 연약한 임금을 원치 않았던 거야. 더불어 천도한 백성들의 꿈을 이룰 수 있는 강인한 주군이 필요했음이야. 아, 역사여 들으소서! 하하하!

무대 서서히 F.O 되고 어둠 속에서 문주왕의 비명 소리가 들린다. 잠시 후 어둠 속에서 중앙 계단에 불이 켜지면 5명의 고수들이 고함을 치며 계단을 달려 올라간다. 용상이 있는 곳에 중앙과 그 좌우 누각에 두 대씩의 대형 대북이 놓여있다. 고수들이 북을 두드릴 때 내레이션과 함께 8명의 귀족들이 각각의 조명을 받으며 무대 위를 오가고 각 단층에 영상으로 성씨들의 글자가 漢字로 크게 한 자씩 비추며 지나간다.

내레이션 서기 477년 병관좌평(兵官佐平) 해구(解仇)는 문주왕을 살해하고, 어린 삼근왕(三斤王)을 세워 전권을 휘두른다. 『수서』에 의하면 당시 백제에는 여덟 개의 큰 성씨가 있었다고 한다. 바로 해(解)씨, 연(燕)씨, 사(沙)씨, 백(伯)씨 리(利)씨, 정(丁)씨, 국(國)씨, 목(木)씨이다. 해씨와 연씨는 온조왕이 백제국을 건국할 때 함께한 부여 출신의 씨족들로서 해씨는 온조왕의 본가쪽 성씨이고 연씨는 외가쪽 성씨이다. 그리고 나머지 사씨, 리씨, 백씨, 정씨는 마한족의 성씨였고 국씨, 목씨는 일본에서 건너온 성씨인 듯하다.

다시 어둠 속에서 북소리와 함께 3단층 좌우로 두 손에 홍등을 켜 들고 올라서는 아이들. 처량한 여인의 구음소리가 나지막하게 울려 퍼지며 궁궐의 색조가 바뀐다.

제4장. 비련의 삼근왕

디시 무대에 흐릿한 불빛이 비출 때 어린 삼근왕 울부짖으며 뛰어 들어오고 그 뒤로 해구와 궁녀들이 따른다. 이어 좌우편에서 문무 백관들이 등장하여 서 있다

삼근태자 아바마마! 아바마마!

해구 어서 태자마마의 용체를 모시거라. 그리고 궁내 병사들은 성문을 닫고 철저히 성벽을 수비하고 궐내 곳곳에 수상한 자들을 색출하라. 분명 용간의 출현일 것이니라. (사이 삼근 태자를 향하여 큰 절을 올리며) 태자마마! 신의 절을 받으시오소서! 어전보좌의 공백을 비울 수는 없는 터 비록 상중이라 하나 이제부터 태자마마께옵서 이 나라 종실의 대통을 이어받고 이 백성의 어버이가 되셔야 하옵니다. (다시 일어나 큰 절을 올리며 큰소리로) 삼근대왕 천세수!

궁내 사람들 서로 눈치를 본다. 이때 시무장이 소리친다.

시무장 삼근대왕 천세수! (외치며 엎드린다)

일동 (따라 엎드리며) 삼근대왕 천세수! -강한 음악-

궁녀들이 삼근왕에게 왕복을 입히고 대신 중 한 명이 왕관을 씌운다. 그런 후에 삼근왕 천천히 용상을 향해 계단에 오른다. 이때 3

단층 좌우로 올라 서 있던 아이들 두 손에 들고 있던 홍등을 켜들고 노래를 부른다.

아이들 합창 햇님아 햇님아 높이높이 솟아라
더높이 더높이 둥글게 솟아라
우리 임금님 얼굴에 예쁘게 비춰라
팔랑팔랑 노랑나비가 춤춘다.
홍색청색 녹두색 파랑자주 예쁜 꽃
곱게곱게 꺾어서 임금님께 드리자
엉금엉금 기어라 거북이처럼 기어라
팔짝팔짝 뛰어라 삽살개 한 마리 춤춘다.

어린 삼근왕 용상 위로 올라가 앉고 아이들 마지막 구절부터 노래를 부르며 좌우로 퇴장할 때 야광 색상으로 연못에 연꽃이 피어오르며 조명 서서히 F.O 된다.

이어 구슬픈 음악 반주곡이 시작되며 삼근왕비 등장하여 용상 옆 처마 밑으로 가서 선다. 그리고 달빛을 바라보며 홀로 서 있을 때 어디선가 여인의 노랫소리가 들리고 무대 위로 소복을 입은 백제 여인들이 등장하여 구슬픈 노래에 맞추어 위령무 춤을 춘다.

여인의 노래 천년설움 바람 되어 공산성에 휘날릴 때
풀초롱 맺힌 이슬 누구의 운명인가

한이 서린 웅진땅 백강에 뜨는 저 달 정든님 얼굴인가
솟구치는 그리움에 목메여 불러보는 아, 사랑이여!

음악 간주 시/내레이션이 들려온다.

내레이션 당시 앞서 소개한 성씨 외에 언급되지 않은 성씨가 있었으니 바로 외척 중에 하나였던 진씨다. 이들이 다시 이 혼란 중에 새로운 권세가로 등장하여 또다시 정치판세를 뒤집게 한다. 서기 488년 2월 진씨 세력의 거두 좌평 진남이 2천 병력으로 궁성을 장악하여 금강 북쪽 편에 있던 사곡면 무산산성인 대두성에서 역적 해구를 참수한다. 그리고 이듬해 11월 아무런 힘도 발휘하지 못하고 두려움에 떨던 비련의 어린 삼근왕이 승하하신다. 그때 그의 나이 15세였고 이 삼근왕의 죽음은 타살의 의문을 남긴 채 역사 속으로 사라지게 되었던 것이다.

여인의 노래 천리길 먹구름 바람타고 몰려올 때
처마 밑 호롱불 누구의 운명인가
물이 맑은 고마나루 백강 중천에
저 별빛 내 님의 눈물인가
솟구치는 그리움에 목메여 불러보는
아! 내 사랑이여!

조명 서서히 F.O.

제5장. 동성왕

무대 다시 밝아지면 대북연주와 함께 우렁찬 구호에 맞추어 주무대 위에서 무사들의 춤이 펼쳐진다. 때로 조명 어두워지면 갑옷과 검이 야광으로 빛난다. 무사들의 검무와 함께 계속해서 대북이 함께 연주된다.

내레이션 『일본서기』에 의하면 일본으로 건너간 곤지왕의 다섯 아들 중에 둘째인 모대(牟大)는 젊고 총명하므로 일본 축자국의 왕이 그를 총애하였으며 본국으로 돌아가 백제국의 왕이 될 것을 천거하였고 이어 모대를 위해 일본 축자국의 군사 5백으로 호위토록 하여 백제국으로 보냈다는 기록이 있다. 이때 새로운 세력으로 등극한 진남은 왕가의 적통인 곤지의 아들인 모대를 왕으로 삼아 그 배후에서 정권을 쥐고 흔들 수 있다는 속셈으로 축자국의 천거를 흔쾌히 받아들였던 것이다. 그 곤지의 아들 모대가 바로 백제 24대 동성왕이다.

다시 무대 전체가 환하게 밝아지면서 내레이션이 울려 퍼진다. 무대에는 깃발 군사들, 대신들, 궁녀들이 서 있다. 이때 입구4로부터 신라에서 온 왕비가 수행궁녀를 앞뒤로 세우고 주무대로 들어설 때에 용상에서 내려오는 동성왕, 수행궁녀들 주무대 위에서 동성왕과 왕비에게 화관을 씌여주고 왕과 왕비가 용상을 오를 때 뒤따라 수행한다. 모두 왕을 향해 머리를 숙여 읍한다.

내레이션 동성왕(東城王)은 즉위 후 실추된 왕권을 회복하고 어려운 정치상황을 타개하기 위한 노력으로서 먼저 신라 왕족인 이찬(伊飡) 비지(比智)의 딸을 아내로 맞이해 신라와의 동맹체제를 돈독히 하였고 사씨(沙氏)·연씨(燕氏)·백씨(苩氏) 등 신진 지방세력들을 중앙에 등용하여 궁성 안에서의 세력들 간의 상호견제와 균형을 도모하였다. 또한 남제(南齊)와의 교통을 재개함으로써 국제적인 고립에서 벗어나게 하였다.

그리고 음악이 계속되는 가운데 조명이 어두워지고 중앙 샤막을 통해 초야의 모습이 그림자로 비추어진다. (조명 Out)
이어 미디어 파사드 영상으로 군사들의 함성과 함께 고구려, 북위, 말갈족과의 전투장면이 장엄하게 펼쳐지고 강한 전쟁음악과 함께 다시 내레이션이 울려 퍼진다.

내레이션 활궁의 명수였던 동성왕은 제위 기간 중에 중국 북위의 수차례 침공을 막아내었고 고구려로부터 빼앗겼던 백제 영토를 많이 회복하였으며 그 어느 때보다도 백제의 힘을 막강하게 한 왕이 되었다. 하지만 그 역시 거듭되는 전쟁과 궁중 세력들과의 마찰로 인해 후기에 이르러서는 점차 세력이 약화되면서 사치스런 주지육림과 사냥으로 세월을 낭비하다가 백성들로부터 많은 원성을 사게 되었고 끝내는 백가에 의해 시해를 당하게 된다.

무대 영상이 사라지고 조명이 F.I 되면 헐벗은 백성들이 좌우 통로와 앞 통로에 서서 장대 횃불에 불을 붙이고 운집해 서 있다. 무대 중앙에는 백발노인 백가를 중심으로 좌우에 3명씩 고을의 촌로들이 객석을 향해 서 있다.

백가 황상폐하! 이 백성들의 고초를 들어주소서. 하늘이 노하여 가뭄이 일고 땅이 노하여 샘이 마르고 백성이 노하여 나라원망이니 이 나라 산천초목이 빛을 잃고 있사옵니다. 황상폐하! 저 백강에서 밤이면 들려오는 어린 혼귀들의 곡소리가 들리지 아니 하시나이까? 보시오소서 굶주려 죽게 된 백성들은 지금 어린자식꺼정 양식으로 삼고 있고 산중에 내다버린 노부모는 산짐승 밥이 되고 있사오며 또한 굶어죽은 백성들의 시체는 백강 보시로 물고기들의 밥이 되고 있사옵니다. 하여 흙먼지 황사바람이 이 백제국에 불어오고 있음을 정녕 아시온지요? 부디 통촉하여 주시오소서 마마! (무릎을 꿇는다)

백성들 (모두 무릎을 꿇으며) 통촉하여 주시오소서. 이 백성들을 살려 주시오소서. 그리고 진가 놈들의 무지막지한 행패를 엄히 벌하여 주시오소서. 대왕마마!

이때 침소복을 입고 용상 앞으로 나서는 동성왕.

동성왕 듣기 민망하도다. 정히 살기 힘들거든 각 고을의 관찰부로 가서 직고할 것이지 어찌 감히 짐의 침소 앞에 모여들어 주흥을 깨려 하느냐! 또한 달리 들어 볼진대 진씨 일족들의 행패가 심하다 들었으나 내 눈으로는 확인되지 못한바 후일에 저 위사좌평과 더불어 사실 여부를 가리도록 할 터인즉 모두 물러들 가있거라 어찌 사사로이 짐의 주흥을 깨우고 농성이란 말이더냐. 나도 내 백성들을 위해 왕의 도리를 할 만큼은 했다 생각하는데 아직도 모자랐더란 말이냐? 모든 백성들은 듣거라. (읊조리듯이) 짐 또한 이 나라 국부로서 천상천황께 제 올려서 마른하늘에 비 내리고 땅 위에 샘물 솟아올라 갈라진 땅에 물 적시기를 간구하였노라. 그뿐이더냐! 주야로 하늘을 향해 비는 기도로써 솔가지에 바람 일고 검은 구름에 천둥치고 촉촉해진 이렁 사이에 도랑물이 철철 넘쳐 오곡백과가 무르익기를 일취월장 내 간절한 바램이었다. 나 또한 너희와 같이 들노루 사슴 사냥해와 백성들 살찌우고 도성아이들에게 청황홍 쪽빛자주 빛깔의 옷 입히고 온 백성들이 날이면 날마다 여보낭군의 운우지락 마시자 놀자 태평세월을 꿈꾸어 오지 않았드냐!

촌장1 (자리에서 일어나 고함을 친다) 그러하건대 어찌 그런 태평세월이 오지 않고 황사 바람에 흙먼지만 불어오고 있는 것이오니이까?

촌장2 (역시 자리에서 일어나) 어찌 백강 어린 혼귀들의 곡소리가 멈추지 않고 심산유곡에 노부모들의 한숨이 안개 되어 걷히지가 않는 것이오니이까?

동성왕 그것이 어찌 짐의 탓이란 말이드냐? 너희 백성들은 듣거라! 하늘이 침묵하고 땅이 한숨을 쉬고 있기로 내 어찌 하란 말인고? 짐은 선왕께옵서 빼앗겼던 고구려 한산성을 되찾았고 말갈족들의 침략과 북위의 침공을 막아내었느니라. 내 할 도리는 분에 넘치도록 다하였건만 너희는 어찌 짐에 대한 원망이 그리도 많을손가? 생각해 보거라 이제 기근이 닥쳐옴은 천상재해가 아니었드냐? 또한 짐이 이같이 주흥을 즐김 역시 마음이 태평하여 기뻐하는 즐김이 아니요 내 잔에도 피눈물이 담긴 고해의 잔이었음을 정녕 너희들이 알았어야 할 터인데… 모두가 그러질 못하니 괘씸한지고. 모두 물러들 가거라. 어서!

이때 백가가 일어나 용상을 향해 외친다.

백가 하오나 그리 하시면 아니 되옵니다. 황상폐하, 여기 이 무리는 모두 전하의 백성들이옵고 민심이 천심이라 했사옵니다. 통촉하여 주시오소서.

백성들 통촉하여 주시오소서!

동성왕 무엇을 무엇을 통촉하란 말이드냐? 백가 네 이놈! 그대는 어찌 짐의 뜻을 헤아리기보다는 언제나 무지한 백성들 앞에 서서 사사로이 백성들을 선동하고 있는가? 내 네놈의 좌평직위를 폐하고 사곡면 가림성 성주로 좌천시킬 것인즉 거기서 제를 올리던 지신을 밟던 네 마음대로 할 것이니라. (강한 음악)

동성왕 (읊조리듯) 내 조상 선왕이신 온조왕의 아버지 동명성왕, 그분은 졸본부여의 왕, 내 조상 선왕이신 온조왕의 어머니 소서노 그분은 연타취발의 딸, 내 조상 선왕이신 온조왕의 형님 비류왕 그분은 미추홀의 왕, 내 조상 온조왕께서 하남 위례성에 도읍지 정하시고, 나의 선왕 문주왕께옵서 웅진성 도읍지로 천도하셨다. 이것이 백제의 역사가 아니더냐! 물렀거라. 나도 너희와 같은 개똥 같은 인생이니라.

모든 백성들 횃불과 죽창을 들고 모두 객석을 향해 서서 다시 합창을 한다.

백성들 (합창)

계룡산에 해가 뜨고 서해바다로 달이 진다
우리네 살림엔 언제 해뜨고

우리네 가슴엔 언제 달뜨나
남풍이 불어와 처녀가슴 불지르고
북풍이 몰려와 총각가슴 눈물짓네.
가거라 세월아 멀리 멀리 멀리 떠나라
오너라 봄바람 내몸 내몸 내몸 녹여라

공산성 중천에 달이 뜨면 고마나루에 달이 뜨고
우리네 살림에 달이 뜨면
우리네 가슴에 달이 뜬다
살은들 산 것인가 죽은들 어떠하리
하늘탓 그만하고 내 자식 살려주소
가거라 세월아 멀리 멀리 멀리 떠나라
오너라 새세상 밝히 밝히 밝히 비춰라

천둥번개소리와 함께 동성왕 자지러지는 웃음소리, 이때 백가가 칼을 들고 주무대에서 한발 앞서서 왕을 향해 내리친다. 단층에 핏빛이 튀어 번지는 영상과 함께 쓰러지는 동성왕, 그대로 서 있는 백성들 이때 다시 천둥번개가 요란하게 울려 퍼지고 빗소리와 함께 장엄한 코러스가 들려올 때 조명 서서히 F.O 된다.

제6장. 누파구려 갱위강국(累破句麗 更爲强國)

미디어 파사드 영상으로 어둠 속에서 신비한 음악과 함께 백제금동대향로의 자태가 화려하게 비쳐온다. 그리고 빛을 발한다. 잠시 후 백제금동대향로 영상이 서서히 사라진다. 무대 밝아지면 주무대에 오악사가 등장, 백제 궁중 음악을 연주하고 그 뒤에서 미마지탈 춤을 춘다. 성벽 아래 좌우로 군사들이 서 있다. 이때 환관 등장하여 문무백관 6좌평 16관 관직을 호명할 때 관직 호명에 따라 무대 상단 위로 제1품 6좌평이, 중단에 제2품부터 6품까지, 하단에 제7품부터 16품의 대신들이 등장하여 정면을 향해 읍한 채로 서 있다.

환관 제1품 내신좌평(內臣佐平) 입궐이요/내두좌평(內頭佐平) 입궐이요/
내법좌평(內法佐平) 입궐이요/위사좌평(衛士佐平) 입궐이요/
조정좌평(朝廷佐平) 입궐이요/병관좌평(兵官佐平) 입궐이요/

제2품 달솔(達率)이요/제3품 은솔(恩率)이요/제4품 덕솔(德率)이요/제5품 한솔(扞率)이요/제6품 나솔(奈率)이요. (*의상 1품에서 6품까지 자색옷과 은꽃 화관을 쓰고 있다)

환관 제7품 장덕(將德)/제8품 시덕(施德)/제9품 고덕(固德)/제10품 계덕(季德)/제11품 대덕(對德)이요. (*의상 7품에서 11품까지 비색 관복을 입었다)

환관 제12품 문독(文督)/제13품 무독(武督)/제14품 좌군(佐軍)/제15품 진무(振武)/제16품 극우(克虞)이요 (*의상 장군복을 입고 있다)

오악사의 연주와 미마지탈 춤이 끝나고 악사와 춤꾼은 퇴장.

환관 대왕마마 납시요!

모든 문무백관 위패를 쥐고 고개를 숙이고 읍한다. 이때 팡파르와 함께 북소리 두어 번 울리면 장엄한 코러스가 울려 퍼지면서 무희(궁녀)들이 등장, 꽃잎을 뿌리며 춤을 추고 이어 무령왕 갑옷을 입고 왕후와 함께 주무대에 오른다. 그리고 무령왕 왕비의 손을 잡고 용상을 향해 계단에 오를 때 내레이션이 울려 퍼진다.

내레이션 웅진백제의 암울했던 역사가 마감되고 찬란한 대 백제의 역사가 시작된다. 바야흐로 대 백제의 중흥을 이룩한 무령왕(武寧王)의 시대가 열린 것이다. 「무령왕릉지석(武寧王陵誌石)」과 『일본서기』에 인용된 『백제신찬(百濟新撰)』을 종합해보면, 무령왕은 개로왕의 아들로서 양부 곤지왕에 의해 일본에서 융, 또는 사마라는 이름으로 자랐다. 그리고 백가에 의해 살해된 동성왕에 이어 백제 제25대왕으로 즉위를 한 것이다. 때는 서기 501년 11월이다. 『삼국사기』에 의하면 무령왕은 신장이 8척이요 눈매가 그림과 같이 잘생겼고 인자하고 너그러워 민심이 따랐다고 했다. 무령왕은 즉위 후 먼저 백가의 난을 평정해 왕권을 안정시켰고 왕실 곳간을 열어 굶주린 백성들에게 양식을 나누어 주는 등 선정정치를 베풀었다. 그리고 재위 21년인 서기 521년에 '누파구려 갱위강국'을 외치며 고구려를 선제공격하여 승리를 거두었고 공세적 입장을 취하여 고구려, 신라와 동등한 삼국의 세력균형을 이루신 왕이다.

내레이션이 끝나면 일동 객석을 향해 자세를 바꾸어 선다.

내신좌평 (무령왕을 향해 읍을 하며 큰 목소리로) 무령대왕 천세수, 무령대왕 만세수.

일동 (무령왕을 향해 읍을 하며) 무령대왕 천세수, 무령대왕 만세수.

무령왕 (용상에서 일어서서) 자랑스런 나의 백제국 백성들이여 우리는 이제껏 외적의 침노와 명분 없는 전쟁으로 많은 백성과 병사들이 헛된 죽음과 상처를 입어야 했고 토호들의 결탁과 약탈로 헐벗고 굶주려 왔다. 우리 이제 흩어진 마음을 모으고 뜻을 이루자. 백제국의 백성들이여 모두 힘을 모아 빼앗겼던 영토를 회복하자! 누파구려 갱위강국을 이루자.

일동 (큰소리로 외친다) 누파구려 갱위강국! 누파구려 갱위강국!

이때 미디어 파사드 영상으로 각층에 화려한 벚꽃이 피어오르고 만개하는 영상이 비쳐진다.

무령왕 왕실 곳간 문을 열어라. 굶주린 백성들에게 양식을 나누어 주어라. 저 푸른 금강 저 넓은 영산뜰을 개간하여 씨를 뿌리자. 제방을 수리하여 물을 모으고 수문을 조절하여 치수하자. 가뭄이 와도 물 걱정 없고 홍수가 와도 양식 걱정 없는 세상을 만들자. 지방종족 자체통치 법질서를 지키고 눈물 없는 세상을 만들자. (일동 만세를 부른다) 나라 내강의 질서를 바로잡아 억조창생의 번영을 꾀하리니 백제의 거민들이여 우리 모두 힘을 모아 빼앗긴 백제국의 옛 영토를 회복하고 국태민안을 이룰지어다.

일동 (큰소리로) 누파구려 갱위강국! 누파구려 갱위강국!

이어 모두 두 손을 힘차게 흔들 때 강한 음악과 함께 무대 전체에 미디어 파사드 영상으로 외적을 물리치고 승전하는 장면과 나라 경제를 이루는 민생정치의 장면 등이 비춘다. 그리고 무대 중앙이 좌우로 갈라지면서 뒤 배경에 LED 영상으로 밝아오는 동녘 하늘과 파도가 넘실대는 서해 대해, 그리고 돛을 단 백제 대형선박이 힘차게 향해하는 영상장면이 비춘다. 이어 그 뒤 배경을 등지고 각 나라 무희들이 자국의 춤을 추며 등장하고 각 나라 대사들이 화려한 의상을 입고 귀한 보물들을 들고 등장. 이때 다시 내레이션이 울려 퍼진다.

내레이션 이같이 웅진백제국의 25대 무령왕은 고구려에게 빼앗겼던 옛 백제땅을 회복, 한강 이북영토를 되찾음으로써 정치적 안정을 이루어 백제국의 대국화를 이룩하였다. 또한 이웃 일본에 오경박사를 파견하여 왜 나라의 문맹을 일깨웠고 지금의 섬진강 유역의 가야땅 교역지인 임라를 장악하여 국위를 선양하였으며 돌궐(몽골), 천축(인도), 부남(캄보디아), 사자(스리랑카), 곤륜(말레이반도), 흑치(필리핀), 왜(일본), 양(중국), 드바라바티(태국), 탐라(제주도) 등 동남아 여러 해상국들과의 문물을 교역하며 해상강국으로서의 위용을 떨쳤고 갱위강국 백제의 찬란한 꿈을 이룩하였으니 이는 실로 하늘의 도우심이었다!

이때 다시 왕복으로 갈아입은 무령왕이 상단 용상 앞에 서서 크게 외친다.

무령왕 보아라! 저 거대한 산천이 있다. 저 산야를 달리는 우리가 있다. 북으론 대지의 젖줄 저 은빛 찬란한 금강이 흐르고 동으론 절세기암이로다. 푸르디 푸른 산천이 둘렀으니 남은 들녘이요 서는 대해로다. 이곳이 바로 명당대처 대백제의 땅 웅진이로다. 하늘은 높고 대지는 푸르러 오곡백과 주렁주렁 열린다. 물은 맑고 푸른 강물에 노 젓는 사공의 가슴이 출렁인다. 모든 백성들이여 선열의 뜻 기리며 백제의 꿈 깨어보세.

일동 (합창) 인심이 민심이요 민심이 천심이니
하늘의 뜻 우러르고 시월동맹 제 올리세,
공산성에 달 오르니 곰나루에 달이 뜬다
금강물에 배 띄우고 닻 올리고 노 저어라

누파구려 갱위강국(累破句麗 更爲强國)!
누파구려 갱위강국!
누파구려 갱위강국 꿈이여. (모두 두 팔을 들어 올리며 외칠 때 무대 F.O 된다)

제7장. 백제의 운명

무대 어둠 속에서 신비로운 천상 음악이 들려오고 밤하늘에 수많은 별들이 반짝인다.
무대 위에 성왕과 좌평 사두가 서 있고 용상 쪽 상단 오른편에 일관이 하늘을 올려다보며 서 있다. 이때 하늘의 무수한 별들이 유성되어 떨어진다.

성왕 (놀란 음성으로) 이보게 사두! 보, 보고 있는가? 초저녁 밤하늘에 무수한 별들이 빛을 발하다가 저렇듯 사라지다니 이는 근자에 이르러 볼 수 없었던 풍경일진데 그간 일관들은 천문을 살핌에 있어 성좌의 또 다른 특이함을 볼 수 없었다드냐? 이 이 무슨 천상의 조화일꼬?

사두 참으로 괴이한 일이옵니다 마마! (일관을 향해 소리친다) 이봐라 일관! 일관은 어서 속히 내려와 대왕마마께 대령하렸다. 어서!

일관 (계단을 내려와 왕 앞에 무릎을 조아린다) 신 일관 노리사치계 대령이옵니다.

성왕 그래 그대도 보았겠다만서도 하늘의 무수한 별들이 저리도 많이 떨어짐은 무슨 연유더란 말이냐?

일관 (덜덜 떨며) 주… 죽여 주시오소서. 소… 소인 가… 감히 대왕마마께 그 연유를 아뢸 수 있는 징후를 깨닫지 못하였나이다. 통촉하여 주시오소서!

성왕 참으로 괴이한 일이로다. 하늘에는 모두 열두 궁의 별자리가 있어 일년 열두 달을 의미하고 각각의 형상에 따라 천기조화를 살필 수 있으니 이를 계절이라 부름이요 달그림자 차오르고 벗겨져 제자리를 찾는 길이가 한달이요 해뜨고 지며 달이 비춤을 하루거리라 했으니 이 역법을 토대로 사시일자와 연한을 살필 수 있음이온데 정녕 오늘의 저 징조가 천기누설만은 아닐 터 일관들은 더 세심한 관찰로 그 근원을 살펴 고하도록 하라!

일관 (엎드려 절하며) 본부 받자와 성심을 다 하겠사옵니다

사두 (대열에서) 마마 신 좌평 사두 감히 아뢰옵니다. 천기의 헤아림은 알 수 없사오나 사물이 물에 비추어 드러냄 같이 백성들의 민심이 곧 천심임은 헤아려 살필 수 있음같이

어쩌면 저 징후들은 우리 백제국을 향한 하늘의 뜻을 미루어 알라하시는 천상폐하의 계시가 아닐까 사료되옵니다. 마마!

성왕 그러하겠지. 당연지사로세… 하지만 짐에게는 그러한 혜안이 부족하니 내 어찌 통곡하지 않을손가…!

이때 일관 하늘을 가리키며.

일관 대왕마마! 보시오소서. 별자리가 보임이옵니다. 지금이 시월 초닷새, 저어기 서편 하늘 끝자리를 보시오면 전갈이라는 천축국에서나 볼 수 있는 독별레 형상이 나타나 있사옵니다. (갑자기 덜덜 사지를 떨며) 하… 하오나….

성왕 말을 멈추지 말고 어서 고하거라!

일관 (떨리는 목소리로)… 저 전갈자리는 죽음 아니면 기력이 쇠한 부실한 노인을 뜻함이온데 이는 장차 나라 운명을 보여주는 요사스런 점괘인 것 같사옵니다… 마마!

성왕 무… 무어라? 오호 통제로다 이 무슨 해괴한 일인고? 장차 이 나라의 운명은 어찌 된단 말이더냐!

무대조명 서서히 F.O 된다 이어 어둠 속에서 허리 굽은 한 백발노인이 나타난다. 지팡이에 몸을 의지한 채 하늘을 우러르고 서 있다.

노인 저렇듯 하늘의 무수한 별들이 땅을 향해 떨어짐은 필시

이 나라 장수들이 전장에서 초개와 같은 그들 목숨이 이슬 되어 사라짐을 뜻할진대 장차 이 나라 백제국의 흥망성쇠는 어찌 될꼬…?

강한 음악과 함께 조명 완전히 Out 된다.

제8장. 하늘, 땅

어둠 속에서 천둥 번개가 치며 세찬 빗소리와 함께 비 오는 영상, 환관 급히 우산을 펴들고 비를 맞으며 서 있는 성왕과 사두에게 다가간다. 이때 잔잔한 거문고 소리.

성왕 (환관의 우산을 물리치며) 이 무슨 조화인고? 이렇듯 석 달 열흘이 넘도록 빗줄기가 멈추질 않다니…? 몇 해 전 시월 초닷새 어느 날인가 하늘에서 무수한 별들이 떨어지고 내 그 빈 하늘 저편에 전갈자리 별모양도 보았건만 그 징조의 뜻을 깨닫지 못하고 연모장군으로 하여금 보병과 기마군 3만 명을 내주어 고구려 안장왕의 침공을 막으라 했을 때 오곡벌판에서 초롱초롱한 그 별과 같은 젊은 병사들 2천의 목숨이 이슬같이 사라지지 아니하였던가! 헌데 이제는 백일이 넘도록 멈추지 않는 빗줄기라니? 이보게 사두! 행여 동맹국으로 혈서를 나눈 신라군이 우릴 배신하여 고구려군에게 진입로를 터주는 징조는 아닐런지? 행여 가야국이 임나 4현을 차지한 우리에 대한 보복으로 왜나라 축자국이나 신라국과 동맹을 맺는 징조는 아닐런지? 아 두렵도다… 이보게 사두!

사두　하명하시옵소서. 마마!

성왕　하늘 천이 아니던가? 땅을 다스리는 하늘의 천기를 깨닫지 못하는 군주는 패망이라 했는데 이렇듯 하늘의 징후조차 깨닫지 못하는 우둔한 왕이 되었으니 장차 어찌하면 좋을꼬? 분명 나라 안녕의 위급함을 아시고 천상에 계신 선왕들께옵서 천기로서 알려주시는 징후임이 분명할 거야!

사두　고정하시오소서 마마! 신 사두 아뢰옵기 황송하오나 이 모든 징후는 하늘에 있는 것이 아니오라 땅에 있는 듯하옵니다. 마마!

성왕　아니 그것은 또 무슨 말인고?

사두　하늘이 내려주신 땅이옵니다. 하여 하늘 천 따지라 하지 않았사옵니까! 하늘은 하늘대로 삼라만상을 다스리는 기운이 있듯이 땅에는 땅의 기운이 있어 땅에 사는 모든 생명체에게 기운을 불어주어 그 운명을 조성시킴이 아니겠사옵니까? 마마! 소인의 미천한 생각으로는 지금 마마께옵서 밟고 계신 이 지형의 기운 때문이 아닐까 사료되옵니다.

성왕　무어라! 지형의 기운 때문이라니?

사두 노나라의 고서를 살필진대 대저 터를 잡는 데는 지리(地理)와 생리(生利)가 좋아야 하고 인심(人心)과 수려한 산수(山水)가 있어야 한다고 하였사옵니다. 하온대 이곳 웅진땅은 산세가 수려하고 지형이 좌청룡 우백호라 하여 적의 공격을 방어하기에는 더할 나위 없는 명당이라 할 수 있지만 한 나라의 도읍지로서는 너무 협소하여 지리와 생리가 부족한 듯하옵니다.

성왕 허면 지리(地理)와 생리(生利)가 좋고 인심(人心)과 수려한 산수(山水)가 있어 나라의 안녕과 백성들의 평안을 이룰 수 있는 곳이 정녕 이 웅진땅 말고 달리 이 근동 어딘가에 있더란 말이드냐?

사두 아뢰옵기 황송하오나 이미 선왕들께옵서 염두에 두셨던 저 소부리군(所夫里郡)이라 하는 명당이 있사옵니다. 그 땅의 산세는 처마지붕이 치솟은 형세로서 주산(主山)이 수려하고 단정하며, 산맥이 끊어지지 아니하고 사방이 평탄하고 넓으며 산맥이 평지에 뻗어 내렸다가 물가에 그쳐서 들판 터를 만들고 토질이 사토(砂土)로 굳고 촘촘하여 우물물이 차고 맑을 뿐 아니라 흐르는 강물 또한 바다의 조수와 연하여 중국과 연결되는 뱃길이 나있는 천혜의 도읍지라 사료되옵니다. 마마!

성왕 아무리 그러하기로서니 선왕께옵서 대물림해주신 이 도성을 어이 버리고 떠날 수가 있단 말인고!

사두 방금 마마께옵서 나라 안녕의 위태로움을 천상에 계신 선왕마마들께옵서 천기로서 보여주시는 징조라 하시지 않으셨사옵니까? (지도를 펴 보이며) 보시오소서! 이곳이 웅진성이옵고 이 백강줄기를 따라 한참을 굽이쳐 가면 대해로 가는 길목이 있사온데 그곳이 바로 사비라 하는 소부리군이옵니다. 마마!

성왕 (갑자기) 가만! 그 지형도를 거꾸로 세워 펼쳐 보거라!

사두 (지도를 거꾸로 세우며) 이… 이렇게 말씀이오니까?

성왕 (지도를 살펴보다가) 좌평! 자네의 말이 맞는 것 같도다. 저 소부리를 돌고 감싸는 물의 지형은 적의 공격을 방어할 수 있는 천혜의 요소요. 그 강폭이 넓고 서해 대해가 인접해 있음은 선왕께옵서 해상강국의 물꼬를 터주신 그 역사를 더욱 번창케 할 수 있는 지형이로다. 아 내 이것을 어이 몰랐더란 말인고! 이보게 좌평 어서 날이 밝는 대로 모든 내관들을 입궐하라 이르라!

사두 네. 명을 받들어 그리하겠나이다 마마!

강한 음악과 함께 조명 F.O 된다.

제9장. 사비 천도

무대 다시 밝아지면 모든 문무백관들과 군사들이 도열하고 있고 성왕이 용상에 앉아있다. 이때 은은한 코러스와 함께 내레이션이 울려 퍼진다.

내레이션 성왕! 그는 무령왕(武寧王)의 아들로서 백제 26대 임금이시다 서기 523년에 즉위하신 그의 이름은 명농(明襛). 『삼국사기』에 기록된 성왕은 '지혜와 식견이 뛰어나고, 일을 처리함에 있어서도 결단성이 있다' 하였고 『일본서기』에는 '천도지리에 통달하여 그 이름이 사방에 퍼졌다'고 하였다. 그는 아버지 무령왕과 함께 백제의 중흥을 이끈 명군이자 성군으로 평가받는다. 또한, 백제가 마한 연맹의 일원으로 애초에는 목지국의 부하 나라로 출발했었기에 마한 자체를 부정할 수 없던 상황에서 백제건국의 근원은 부여국의 후손임을 명백히 하여 국가의 이념과 정체성을 분명히 했던 것은 성왕 때부터이다. 이에 웅진 백제시대를 마감하고 사비천도를 결행했을 때 백제란 국호에서 한 발 더 나간 남부여란 국호를 내세웠던 것이다.

팡파르가 울려 퍼지고 시무장이 나서며 큰소리로 외친다.

시무장 백제왕국의 시조이시며 부여씨 왕실가문의 조상이신 온조대왕의 후예로서 백제 대국의 위엄을 달성하신 근초고왕과 백제의 대국화로 만방에 백제국의 위상을 높이신 선왕 사마대왕의 부여씨 왕실가문의 대통을 이어받으신 대왕마마시여 천세천세 만세수 하옵소서!

일동 (깊게 허리 숙여 읍하며 우렁차게) 천세천세 만세수!

성왕 (용상에서 일어서며) 문무백관 제위 대신 모두가 짐에게 천세수 만세수 하라 축원하였건만 짐의 가슴이 이리 막막함은 선조 고이왕께옵서 개척하셨고 근초고왕께옵서 이룩하신 대륙백제를 저 오랑캐 고구려에 몰락 당했음이라 하지만 선왕께옵서 하령하신 누파구려 갱위강국을 실현할 때가 왔도다. 이에 짐은 이곳 웅진땅이 천혜의 요새지이기는 하나 고구려 신라의 접경지에 근접하며 지형이 좁고 금강의 범람과 홍수가 잦으며 곡식을 생산하기에는 전답이 부족하고 부족들의 반란으로 피부림이 잦은 곳이기에 대백제국의 위상을 높이며 지리(地理)와 생리(生利)가 좋고 인심(人心)과 수려한 산수(山水)가 있어 나라의 안녕과 백성들의 평안을 이룰 수 있는 저 소부리군 사비땅으로 천도를 결행할 것인즉 이는 하늘이 천기로서 그 징후를 짐에게 내려주신 은덕이니라. 이제 우리의 눈가림이 벗겨져 저 소부리군 사비땅으로 천도를 하게 되면 짐은 나라 국호를 백제라 하지 아니하고 남부여라 할 것인즉 이는 본시 백제가 부여의 후예임을 만천하에 주장함이옵고 또한 고구려 오랑캐 놈들에게 빼앗긴 부여의 옛 영토를 되찾는 북진정책에 뜻을 모으고자 함이니라.

일동 성은이 망극하여이다! (큰소리로 읍하고 이어 정면을 향해 합창을 한다)

(합창) 일어나자 일어나서 달려가자 달려가서
우리가슴 맺힌 한을 모두 떨쳐 버리세
달려가자 달려가서 날아가자 날아가서
우리들의 빼앗긴 꿈 모두 찾아 오세나
넘어진들 어떠리 쓰러져도 좋구나
북풍에 얼은 가슴 남풍 불 때 녹이고
실패한들 어떠리 죽음인들 어떠리
허기진 배고픔은 자장가로 달래보세

일어나자 일어나서 달려가자 달려가서
누파구려 갱위강국 모두 찾아 오세나.
달려가자 달려가서 날아가자 날아가서
누파구려 갱위강국 밝은 세상 살아보세

합창이 끝나면 어린아이들과 백성들이 새로운 합창을 하며 등장한다. 그리고 다시 일동 합창을 할 때 궁녀(무희)들이 합창에 맞추어 춤을 춘다.

어린이들 · 백성들(합창) 한반도 푸른 젖줄 유구한 금강줄기
푸르러 푸른 산새 절세기암 이루도다
남남은 들녘이요 서북은 대해로다
하늘땅 맑은 정기 백제인의 인심이라
일동(합창) 인심이 민심이요 민심이 천심이니

하늘의 뜻 우러르고 시월동맹 제 올리세
명당대처 웅진성 마한인의 곧은 품성
일어나라 백제여 천상제황 제 올리세

합창과 춤이 끝나면 축포가 터진다.

그리고 무대 조명 서서히 F.O 되며 막이 내린다.

끝.

한국 희곡 명작선 145

누파구려 갱위강국(累破句麗 更爲强國)

초판 1쇄 인쇄일 2023년 11월 20일
초판 1쇄 발행일 2023년 11월 29일

지 은 이 도완석
만 든 이 이정옥
만 든 곳 평민사
서울시 은평구 수색로 340 〈202호〉
전화 : 02) 375-8571 / 팩스 : 02) 375-8573
http://blog.naver.com/pyung1976
이메일 pyung1976@naver.com
등록번호 25100-2015-000102호
ISBN 978-89-7115-110-5 04800
978-89-7115-663-6 (set)
정 가 7,000원

이 책은 사단법인 한국극작가협회가 한국문화예술위원회의 2023년 제6회 극작엑스포
지원금을 받아 출간하였습니다.

한국 희곡 명작선

01 윤대성 | 나의 아버지의 죽음
02 홍창수 | 오늘 나는 개를 낳았다
03 김수미 | 인생 오후 그리고 꿈
04 홍원기 | 전설의 달밤
05 김민정 | 하나코
06 이미정 | 여행자들의 문학수업
07 최세아 | 어른아이
08 최송림 | 에케호모
09 진 주 | 무지개섬 이야기
10 배봉기 | 사랑이 온다
11 최준호 | 기록의 흔적
12 박정기 | 뮤지컬 황금잎사귀
13 선욱현 | 허난설헌
14 안희철 | 아비, 규환
15 김정숙 | 심청전을 짓다
16 김나영 | 밥
17 설유진 | 9월
18 김성진 | 가족사(死)진
19 유진월 | 파리의 그 여자, 나혜석
20 박장렬 | 집을 떠나며 "나는 아직 사랑을 모른다"
21 이우천 | 결혼기념일
22 최원종 | 마냥 씩씩한 로맨스
23 정범철 | 궁전의 여인들
24 국민성 | 조르바 빠들의 불편한 동거
25 이시원 | 녹차정원
26 백하룡 | 적산가옥
27 이해성 | 빨간시
28 양수근 | 오월의 석류
29 차근호 | 루시드 드림
30 노경식 | 두 영웅
31 노경식 | 세 친구
32 위기훈 | 밀실수업
33 윤대성 | 상처입은 청룡 백호 날다
34 김수미 | 애국자들의 수요모임
35 강제권 | 까페07
36 정상미 | 낙원상가
37 김정숙 | '숙영낭자전'을 읽다
38 김민정 | 아인슈타인의 별
39 정범철 | 불편한 너와의 사정거리
40 홍창수 | 메데아 네이처
41 최원종 | 청춘, 간다
42 박정기 | 완전한 사랑
43 국민성 | 롤로코스터
44 강 준 | 내 인생에 백태클
45 김성진 | 소년공작원
46 배진아 | 서울은 지금 맑음
47 이우천 | 청산리에서 광화문까지
48 차근호 | 조선제왕신위
49 임은정 | 김선생의 특약
50 오태영 | 그림자 재판
51 안희철 | 봉보부인
52 이대영 | 만만한 인생
53 박경희 | 트라이앵글
54 김영무 | 삼강주막에서
55 최기우 | 조선의 여자
56 윤한수 | 색소폰과 아코디언
57 이정운 | 덕만씨를 찾습니다

58 임창빈 | 왜 그래
59 최은옥 | 진통제와 저울
60 이강백 | 어둠상자
61 주수철 | 바람을 이기는 단 하나의 방법
62 김명주 | 달빛에 달은 없고
63 도완석 | 봄 여름 가을 그리고 겨울
64 유현규 | 칼치
65 최송림 | 도라산 아리랑
66 황은화 | 피아노
67 변영진 | 펜스 너머로 가을바람이 불기 시작해
68 양수근 | 표(表)
69 이지훈 | 나의 강변북로
70 장일홍 | 오케스트라의 꼬마 천사들
71 김수미 | 김유신(죽어서 왕이 된 이름)
72 김정숙 | 꽃가마
73 차근호 | 사랑의 기원
74 이미경 | 그게 아닌데
75 강제권 | 땀비엣, 보
75 정범철 | 시체들의 호흡법
77 김민정 | 짐승의 時間
78 윤정환 | 선물
79 강재림 | 마지막 디너쇼
80 김나영 | 소풍血전
81 최준호 | 핏빛, 그 찰나의 순간
82 신영선 | 욕망의 불가능한 대상
83 박주리 | 먼지 아기/꽃신, 그 길을 따라
84 강수성 | 동피랑
85 김도경 | 유튜버(U-Tuber)
86 한민규 | 무희, 무명이 되고자 했던 그녀
87 이희규 | 안개꽃/화(火), 화(花), 화(華)
88 안희철 | 데자뷰
89 김성진 | 이를 탐한 대가
90 홍창수 | 신라의 달밤
91 이정운 | 봄, 소풍
92 이지훈 | 머나 먼 벨몬트
93 황은화 | 내가 본 것
94 최송림 | 간사지
95 이대영 | 우리 집 식구들 나만 빼고 다 이상해
96 이우천 | 중첩
97 도완석 | 하늘 바람이어라
98 양수근 | 옆집여자
99 최기우 | 들꽃상여
100 위기훈 | 마음의 준비
101 노경식 | 봄꿈(春夢)
102 강추자 | 공녀 아실
103 김수미 | 타클라마칸
104 김태현 | 연선
105 김민정 | 목마, 숙녀 그리고 아포롱
106 이미경 | 맘모스 해동
107 강수성 | 짝
108 최송림 | 늦둥이
109 도완석 | 금계필담
110 김낙형 | 지상의 모든 밤들
111 최준호 | 인구론
112 정영욱 | 농담
113 이지훈 | 조카스타2016
114 안희철 | 만나지 못한 친구
115 김정숙 | 소녀
116 이상용 | 현해탄에 스러진 별
117 유현규 | 임신한 남자들
118 김성희 | 동행
119 강제권 | 없시요
120 최기우 | 정으래비
121 강재림 | 살암시난

122 장창호 | 보라색 소
123 정범철 | 밀정리스트
124 정재춘 | 미스 대디
125 윤정환 | 소
126 한민규 | 최후의 전사
127 김인경 | 염쟁이 유씨
128 양수근 | 나도 전설이다
129 차근호 | 암흑전설영웅전
130 정민찬 | 벚꽃피는 집
131 노경식 | 반민특위
132 박장렬 | 72시간
133 김태현 | 손은 행동한다
134 박정기 | 승평만세지곡
135 신영선 | 망각의 나라
136 이미경 | 마트료시카
137 윤한수 | 천년새
138 이정수 | 파운데이션
139 김영무 | 지하전철 안에서
140 이종락 | 시그널 블루
141 이상용 | 고모령에 벚꽃은 휘날리고
142 장일홍 | 이어도로 간 비바리
143 김병재 | 부장들
144 김나정 | 저마다의 천사
145 도완석 | 누파구려 갱위강국
146 박지선 | 달과 골짜기
147 최원석 | 빌미
148 박아롱 | 괴짜노인 하삼선
149 조원석 | 아버지가 사라졌다
150 최원종 | 두더지의 태양
151 마미성 | 벼랑 위의 가족
152 국민성 | 아지매 로맨스
153 송천영 | 산난기
154 김미정 | 시간을 묻다
155 한민규 | 사라져가는 잔상들
156 차범석 | 장미의 성
157 윤조병 | 모닥불 아침이슬
158 이근삼 | 어떤 노배우의 마지막 연기
159 박조열 | 오장군의 발톱
160 엄인희 | 생과부위자료청구소송